El secreto en la caja de fósforos

Val Willis

Ilustraciones de

John Shelley

Traducido al español por Alma Flor Ada

MIRASOL/*libros juveniles*
Farrar, Straus and Giroux
New York

Original title: *The Secret in the Matchbox*
Text Copyright © 1988 by Val Willis
Illustrations Copyright © 1988 by John Shelley
Spanish translation © 1993 by Farrar, Straus and Giroux
All rights reserved
Library of Congress catalog card number: 92-54839
Published simultaneously in Canada by HarperCollins*CanadaLtd*
Printed and bound in the United States of America by Berryville Graphics
First edition, 1988
Mirasol edition, 1993

Paquito Pinzón tenía un secreto. Y el secreto estaba en una caja de fósforos. Y la caja estaba bien protegida en el fondo de su bolsillo. Paquito se metió la mano al bolsillo y tocó la caja. Se sonrió con una sonrisa secreta.

A la hora del recreo, Paquito sacó la caja.

—¿Quieres ver un secreto dentro de mi caja de fósforos? —le preguntó a Luci Álamo.

—No, gracias —dijo Luci Álamo, sacudiendo las trenzas—. No me gustan los niños y no me gustan las sorpresas.

Paquito entró a la escuela con su caja.

—¿Quieres ver un secreto dentro de mi caja de fósforos? —le murmuró a Félix López durante la asamblea.

—No, gracias —dijo Félix López, que era un niñito bueno y educado.

Durante matemáticas, Paquito sacó la caja de fósforos.

—¿Quieres ver un secreto dentro de mi caja de fósforos? —le murmuró a Elenita Pozo.

—Sí, gracias —murmuró Elenita Pozo, que era una niñita buena y educada.

Paquito abrió la caja de fósforos y se la colocó a Elenita Pozo debajo de la nariz. Elenita Pozo lanzó un grito fuerte y prolongado. La señorita Delgado, que estaba corrigiendo los trabajos en su escritorio, se puso de pie.

—Tráeme esa caja de fósforos, Paquito Pinzón —le dijo.

Paquito cerró la caja de fósforos de un golpe y caminó lentamente hasta el escritorio de la señorita Delgado.

—¿Quiere ver lo que hay en mi caja de fósforos? —le preguntó.

—No, no quiero —dijo la señorita Delgado—. Déjala sobre mi escritorio y sigue haciendo tus sumas.

Paquito regresó lentamente a su lugar.

—Se arrepentirá —le susurró a Elenita Pozo.

—Se arrepentirá —le susurró a Luci Álamo.

—Se arrepentirá —dijo, empujando a Félix López.

Durante la hora del almuerzo, Paquito se asomó por la ventana de la clase. La caja de fósforos estaba todavía sobre el escritorio de la señorita Delgado, pero estaba abierta.

—Oh, oh —dijo Paquito—, va a haber problemas.

Los alumnos entraron después del descanso y se sentaron. Paquito no se atrevía casi a mirar al escritorio de la señorita Delgado.

—Sabía que habría problemas —dijo a quien quisiera escucharlo.

Un dragoncito rojo y verde estaba sentado detrás de una pila de libros en el escritorio de la señorita Delgado. Paquito lo veía claramente, pero parecía que nadie más lo hubiera descubierto.

Paquito copió con cuidado las palabras de la pizarra con un ojo fijo en el dragón. El dragón se movió levemente hacia la señorita Delgado y creció un poquito. Paquito contuvo la respiración.

La señorita Delgado estaba escuchando leer a Elenita Pozo. De pronto Elenita lanzó un grito fuerte y prolongado.

—¿Qué te pasa hoy, Elenita? —le preguntó la señorita Delgado.

—Nada —dijo Elenita, que era una niñita buena y educada. Félix López se paró a leer en frente de la clase. El dragón había crecido un poquito más y se estaba acercando al libro de lectura de Félix. Paquito contuvo la respiración.

—Por favor, señorita Delgado —dijo Félix López, que era un niñito bueno y educado—. No puedo leer porque hay un dragón en la página de mi libro.

—No seas tonto, Félix —dijo la señorita Delgado—. Ya sé que hay un dragón en la página. Tu libro es sobre dragones. Ve y siéntate.

De pronto se oyó un ruido y una lata de lápices cayó al suelo.

—¿Quién ha tumbado mis lápices? —preguntó la señorita Delgado.

Paquito sabía. La clase se quedó muy callada. El dragón se sentó debajo del escritorio y creció un poquito más.

—Paquito Pinzón —dijo la señorita Delgado—. Ven y recoge estos lápices.

Paquito caminó lentamente al escritorio de la señorita Delgado. Se metió debajo del escritorio y empezó a recoger los lápices.

El dragón era ahora del tamaño de un gato. Le hizo cosquillas a Paquito en la cara. Paquito se rio.

—No seas tonto, Paquito —dijo la señorita Delgado—. Ve y siéntate.

El dragón era ahora del tamaño de un perro. Se sentó en el asiento vacío al lado de Luci Álamo. Toda la clase contuvo el aliento.

Luci Álamo vio al dragón sentado a su lado.

—Por favor, señorita Delgado —dijo, levantando la mano y sacudiendo las trenzas—. Hay un dragón sentado a mi lado y a mí no me gustan las sorpresas.

—Sigue trabajando, Luci —dijo la señorita Delgado, sin levantar la vista. Luci miró ceñudamente al dragón y siguió trabajando. El dragón era ahora del tamaño de un burro. Se fue al fondo de la clase.

—Sabía que habría problemas —dijo Paquito. De la nariz del dragón salió un humo ligero y encaracolado. La clase observó y contuvo el aliento.

El dragón era ahora del tamaño de una vaca. Todas las plantas de la repisa posterior se secaron y se murieron.

El dragón creció aún más.

Toda el agua de la pecera se volvió vapor de agua.

—Paquito Pinzón, abre la ventana —dijo la señorita Delgado, sin levantar la vista—. Hace mucho calor.

El dragón era ahora del tamaño de un oso. Toda la plastilina de la mesa de modelado se derritió.

El dragón creció aún más. La basura del cesto de papeles empezó a quemarse.

—Hay un olor extraño —dijo la señorita Delgado, levantando la vista.

La señorita Delgado lanzó un grito fuerte y prolongado.

—Sabía que habría problemas —dijo Paquito Pinzón a quien quisiera escucharlo.

La señorita Delgado se subió de un salto a la silla. El dragón se le acercó. La señorita Delgado saltó al escritorio. El dragón se acercó todavía más. Ahora era del tamaño de un elefante.

—Paquito Pinzón —gritó la señorita Delgado—,

¿eres tú la causa de este dragón?

—Sí, señorita Delgado —dijo Paquito Pinzón, acercándose al escritorio de la maestra.

—Bueno, muévete —dijo la señorita Delgado—. Haz algo.

Paquito cogió la caja de fósforos del escritorio.

    —Le dije que tenía un secreto —dijo, caminando hacia el dragón.
Lo tocó y el dragón comenzó a achicarse.

Cuando se había vuelto de nuevo diminuto, lo puso en la caja de fósforos y la cerró de un golpe. La clase y la señorita Delgado contuvieron la respiración.

Paquito se metió la caja al bolsillo, tocándola con los dedos. Se sonrió con una sonrisa secreta.